4440)

CATALOGUE

ESTAMPES

DES ÉCOLES ANCIENNES

Aldegrever, Beham, Durer, Lucas de Leyde, etc.

ITALIENNE, FLAMANDE, FRANÇAISE

ÉCOLE ANGLAISE

ET FRANÇAISE DU XVIIIe SIÈCLE

PORTRAITS

DONT LA VENTE AURA LIEU

HOTEL DES COMMISSAIRES-PRISEURS

RUE DROUOT, 9, SALLE N° 4

AU PREMIER ÉTAGE

Le Samedi 29 Novembre 1879

A UNE HEURE PRÉCISE

Me MAURICE DELESTRE, Commissaire-Priseur,
rue Drouot, 27,

Assisté de **M. VIGNÈRES**, Marchand d'Estampes
rue de la Monnaie, 21, à l'entre-sol,

CHEZ LEQUEL SE DISTRIBUE LE CATALOGUE

PARIS — 1879

CONDITIONS DE LA VENTE

L'ordre du catalogue sera suivi.

La vente sera faite au comptant.

Les Acquéreurs paieront CINQ POUR CENT, en plus des enchères, applicables aux frais.

M. VIGNÈRES, chargé de la Vente, remplira les Commissions.

NOTA. Toute commission, sans prix fixé ou sans limite déterminée, sera regardée comme nulle.

M. VIGNÈRES se charge de faire marquer les prix aux Catalogues des Ventes qu'il a faites. Les personnes qui le désirent peuvent s'adresser à lui *franco*.

Plusieurs Amateurs éloignés en ont reconnu l'utilité pour les guider dans leurs achats sur les valeurs des Estampes.

Les Catalogues des Ventes à faire seront envoyés aux personnes qui en feront la demande *affranchie*.

AVIS. — Nous prions MM. les Amateurs éloignés de ne pas attendre au dernier jour, pour que les lettres arrivent le matin de la vente; les lettres étant distribuées après mon départ.

Choix de Catalogues avec prix marqués.

M. VIGNÈRES se charge des commissions dans les Ventes de Livres et Estampes autres que les siennes.

Leboucher 30 Dervaux 8

Leboucher 8. Duperray 6 Dervaux 6

Duperray 6. Deléginières 6

Leboucher 8. Duperray 6 Dervaux 5

Leboucher 12. Duperray 6 Dervaux 10

Leboucher 12. Duperray 6 Dervaux 15 Kerman 10
Duperray 6

(444•)

CATALOGUE

ESTAMPES DE DIVERSES ÉCOLES

1 **Aldegrever** (Henri). Bernard Knipperdolling, 1536. (B. 183). Belle ép.

2 — Joseph accusé (B. 20). Ammon avoue sa passion pour Thamar (B. 22). 2 p.

3 — L'Avarice, la Paresse (B. 129, 130). 2 p.

4 **Bartolozzi** (F.). Enfants; Gens en prière. 2 p. fac simile, d'ap. *Guerchin.*

5 **Bega**. Fumeur, Buveur, etc. 3 p. in-12.

6 **Beham** (H.-S.). Couple de paysans dansant; la nouvelle mariée marchant entre son mari et son père (B. 172,185). 2 p.

7 — L'Enfant prodigue quitte la maison paternelle; il dissipe son bien (B. 31,32). 2 p.

8 — Danseurs de noces (157,159). 2 p. superbes.

9 — (D'ap.) La Fête de village. In-4 long en travers,

10 **Beich**, **Both**. Paysages, en hauteur. 4 p.

11 **Berghem**. Les trois Chèvres. La Vache qui pisse. 2 p.

12 **Bloemaert**. Paysages avec monuments, vases, statues. 5 p.

13 **Boel** (P.). Sanglier aux prises avec dix chiens (d'ap. Oudry.). Belle ép.

14 **Boissieu**. Paysages animés. 4 p. Très-belles et anciennes épr. Papier vergé.

15 — Le Maître d'école; entrée de forêt et autres. 5 p.

16 **Bonasone** (Jules). Naissance de Saint-Jean-Baptiste. Très-belle ép., malade.

17 **Bonington**. Eglise Saint-Sauveur à Caen Belle ép. toute marge.

18 — Vues normandes. 3 p. sans marge.

19 — Vue d'une ville, in-4 en travers. — Marines d'ap. lui, 2. 3 p.

20 **Boucher** (D'ap.) Plaisir de la Pêche, de la Chasse et autre. 3 p.

21 — Les deux Confidentes: Vulcain présentant à Vénus des armes pour Enée. 2 p.

22 **Bourdon** (S.) Fuite en Egypte. Grand in-4.

23 **Boyvin** (R.). *Deux viellars vont pour ravir la sagesse de Sussane; Dieu la concervée.* Belle épreuve.

24 **Breughel**. Grands paysages étendus pittoresques. 4 p.

25 **Bril** (D'ap. Paul). Pan et Syrinx, avant la lettre; Nymphes et Satyres; Paysage. 3 p.

26 **Bruyn** (N. de). Jésus présenté au peuple; et autre. 2 p.

Delignieres 5

Durfort

Duperray 8 Lebouchet 10 Verzier 10

Duperray 8 Verzier 8

Lougard 5

Lougar 5

elignieres 8 Willert 10

Willert 3.

Duperrey 8. Wittert 11.

Wittert 11.

Wittert 3.6. Papillon 25.
Wittert 2

Wittert 10.

Wittert 10

27 **Bry** (Th. de). Convoi militaire: rien n'y manque, la Mort suit. In-4 long en travers.

28 **Callot.** Chasse, Foire de Florence, Triomphe de la Vierge. 3 p.

29 **Carrache** (D'ap.). Hercule et Omphale; Sainte-Famille ; etc. 3 p.

30 **Cavalleriis** (Jo. Bapta). Bataille navale contre les Turcs: Jean d'Autriche. In-fol. en travers

31 **Chevillet.** Réprimande maternelle. In-fol.

32 **Cochin.** Angélique vient trouver Maugis d'Aigremont....

33 **Coelemans.** Nature morte: armures; vases, violon, mandoline; sur une table. 2 p. in-fol.

34 **Cootwyk.** Fac-simile de dessins d'ap. *Bylaerts* et autres. 7 p. noir, bistre et couleur.

35 **Corneille** (M.). Sainte Anne, La Vierge, Jésus et saint Jean. — Et d'ap. lui: Départ pour la chasse; Présentation au Temple. 3 p.

36 **Coypel** (D'ap.). Adam et Eve viennent de pécher, par *P. Drevet* le fils. Malade.

37 **Cranach** (Lucas). Prince de Saxe, 1552; Charles V en pied, copie; Scènes de paysans. 3 p.

38 — Tournoi (B. 126). In-fol. en travers.

39 **Dé** (Maître au). Enée portant Anchise. Belle épreuve.

40 **De Frey.** Le bon Samaritain, in-fol. d'ap. *Rembrandt.* Superbe ép. avant toute lettre.

41 — L'ange disparaissant devant la famille de Tobie d'ap. *Rembrandt.* Superbe ép. avant toute lettre; c'est le graveur qui a le mieux reproduit ce tableau.

42 **De Marcenay**. Tobie rend la vue à son père; Le Seigneur et la Dame. 2 p. d'ap. *Rembrandt.*

43 **Dietricy**. Paysages avec chaumière. 5 p.

44 **Dolendo**. Confvsio Babylonica. Grand in-fol. glomisé.

45 **Dominiquin** (D'ap. le). Jésus et la Samaritaine; Jésus et les Pècheurs; etc. 4 p.

46 **Du Jardin** (K). Animaux. 26 p. sur 12 feuiles.

47 **Durer** (A.). Jésus-Christ expire sur la croix (B. 24).

48 — Vierge à la couronne d'étoiles et au sceptre (32). Vierge embrassant l'enfant Jésus (35). 2 p.

49 — Vierge à la poire (41). Saint Jérôme dans sa cellule (60) coupé in-8. 2 p.

50 — La Jalousie (73).

51 — Le Paysan et sa Femme (83).

52 — L'Hôtessse et le Cuisinier (84). Belle ép.

53 — Le Canon sur son affût (99) gravé sur fer. Très-belle ép. rare.

54 — Ph. Melanchton (105). Très-belle ép.

55 — Bilibald Pirkheimer (106).

56 — (D'ap). Le Cheval de la Mort, la Mélancolie et autres. 5 p.

57 — Pièces sur bois: La petite Passion, 2; Les trois Croix; Herodiade. 4 p.

58 — Vie de la Vierge: 6 avec texte au verso, 5 sans texte; un dessin. 12 p.

59 — La grande Passion, 4; et autres. 10 p.

60 **Dusart** (Corneille). Le Joueur de violon assis (B. 15). Superbe ép.

ervaux 6
boucher 10

Deligniere 8 Dervaux 6

[illegible]ucher 10

Dervaux 8 Leboucher 10

Dervaux 13

Deligniere 6
ubois de l'étang 20

Dervaux 11
Dervaux 8

Cerman 10 Line 12

Line 10
pillon 6 Verzier 10

Papillon 8

Lesoufacher 30 Delignien 6

Duperray 6. Morgand 5

Lino 6 Delignière 6.

Leboucher 10 Lino 16 Dervay 6 Delignière 6
Lino 6

Leboucher 12 Lino 10 Dervay 11 Herman 12

Lino 6 Dervay 6
Leboucher 10 Lino 6 Dervay 6 Delignière 6
Lino 6

Lino 6
Lino 6 Dervay 6
Leboucher 10

61 — La Kermesse ou Fête flamande (B. 16). Très-belle ép.

62 **Echard** (C.). Animaux près de ruines. 2 p.

63 **Ecole anglaise**. Chiens d'ap. Edwin *Landseer*; Vues d'ap. Harding, Roberts, Stanfield, etc. 13 p.

64 **Ecole de Fontainebleau**. Thermes : l'Eté et l'Automne, d'ap. Primatice. — Plafonds en hauteur : Apollon jouant de la lyre, et autre. 4 p.

65 **Everdingen**. Paysages avec rochers. 6 p.

66 **Fielding** (Newton). Loutre ; Renard ; Canards. 3 p. sans marge.

67 **Fragonard** (D'ap.). La bonne Mère, par *De Launay*. Collée en plein.

68 **Fyt**. Couples de Chiens. 2 p.

69 **Gellée** (Claude-Lorrain). Passage du Gué (B. D. 3). Ep. ancienne.

70 — Danse au bord de l'eau (6). Ep. ancienne.

71 — Le Dessinateur (9). Ep. ancienne.

72 — Port de mer au fanal (11) avant-dernier état, angles aigus.

73 — Port de mer à la grosse tour (13). Ep. anc.

74 — Départ pour les champs (16). Ep. ancienne.

75 — Mercure et Argus (17) avant la coulure d'eau forte.

76 — Le Chevrier (19). Ep. ancienne.

77 — Berger et Bergère conversant (21). Ep. anc.

78 — Le Pâtre et la Bergère (25). Ep. ancienne.

79 — Enlèvement d'Europe (22). — Narcisse, fac-simile par *Earlom*. 2 p.

80 — (D'ap.). Paysages par *Vivares* et autres. 9 p. gr. in fol.

81 — Vues d'Italie, paysages, par *Gmelin, Parboni* et autres. 9 p. gr. in-fol.

82 **Genoels** (A.) et autres. Paysages étendus. 7 p.

83 **Ghisi** (Diana et autres). Sainte-Famille; Orion portant Diane; Angélique et Médor; etc. 4 p.

84 **Goltzius** (D'ap.) Les sept Péchés capitaux; Vertus cardinales; le Chien; etc. 14 p.

85 **Goudt** (C. de). Tobie emporte le poisson. Très-belle ép.

86 **Guaspre Poussin**. Paysage avec cours d'eau, eau-forte originale. — Paysages in-fol. d'ap. lui. 7 p.

87 **Hackert** (d'ap. Ph.) Vue de Caserte, Persano, Pozzuoli et Baja. 4 p. grand in-folio par *G. Hackert et Gmelin.*

88 **Heince** (D'ap. Z.). Frises mythologiques. 2 p.

89 **Hollar**. Paysages; Femme d'ap. *Van Dyck*; Chien. 8 p.

90 **Hopfer** (D.). L'empereur Maximilien I; Fête de village. 2 p.

91 **Jordaens**. Enfance de Jupiter. — Et d'ap. lui: Mercure et Argus, in-fol. 2 p.

92 **Kolbe** (C. W.). Pan et Syrix. Paysage en hauteur, in-folio superbe.

93 **Lairesse** (Gér.). Allégorie sur Guill. Henri, prince d'Orange, grand in-fol.; et autre. 2 p.

94 **Lautensack** (H. S.). Le Fort sur le rocher (B. 31). Superbe ép.

…m 25

…me 25

…ollert 10.

…ittert 10

…aligniem 10.

…ine 14.

…rvaux 8

…ind 4.

…ttert 30 Lind 5

Lim 3 Wittert 15

Lim 3 Wittert 18

Dervaux 13, Delignières 12

Dervaux 8

Herman 8

Herman 8 Delignières 6

Dervaux 11

Dervaux 6

Herman 5

95 — Portrait d'homme à mi-corps, 1554 (B. 9). Belle ép.

96 — Jérome Schurstab (B. 7).

97 **Lawers** (N.) Sainte Cécile avec trois anges, forment un concert, d'ap. *Seghers*. Très-belle ép. avant *C. Galle*.

98 **Lebrun** (D'ap.). Assomption de la Vierge; Martyre de Saint-Etienne et plafond. 3 p.

99 **Lesueur** (D'ap. Eust.). Maladie d'Alexandre, in-fol. par *B. Audran*.

100 **Lewis**. Scènes des rues de Paris et des villes de France. 18 p. à l'eau-forte sur chine. Petit in-4. Superbes, rares.

101 **Leyde.** (Lucas de). Histoire de Joseph (B. 19-23). 5 p.

102 — Mardochée mené en triomphe (32).

103 — Couronnement d'épines (69).

104 — Jésus-Christ présenté au peuple (71) et copie. 2 p.

105 — L'opérateur (157). Belle ép.

106 — Saint Luc, saint Jérôme, Virgile suspendu dans un panier, etc. (B. 80, 102, 111, 112, 136). 5 p.

107 **Lithographies**. Famille lorraine, par *Audin*. Postillon et ses chevaux par *Gericault*. 2 p.

108 **Livens**. Tête de jeune fille de profil avec de grands cheveux. Belle ép.

109 **Major** (Isaac). Paysages. 3 p. Belles ép.

110 **Manglard** (Ad.). Paysages, marines. 5 p.

111 **Meer** (J. Van der) de Jonge, la Brebis debout dans un paysage. Très-belle ép. (B. 2).

112 **Mellan.** Titre de l'Introduction à la vie dévote. (Montaiglon 302). Avant toute lettre, tachée. — Sainte Anne entourée de quatre saints. 2 p. collées en plein.

113 **Meulen** (d'ap. Van der). Grande bataille; paysages. 6 p.

114 **Michel-Ange** (d'ap.). Jugement dernier, par *L. Gaultier*; tombeaux; Judith; etc. 6 p.

115 **Molyn** (P.) le père. Paysans sur un tertre; A la porte d'une tabagie. — Paysan et paysanne causant. 3 p. rares.

116 **Naiwjnck.** Paysage à l'eau forte (5). Très-belle ép., rare.

117 **Norblin.** Sainte famille; sujet historique; paysage. 3 p.

118 **Ostade.** Le joueur de cor, Père nourricier, Pêcheur sur un pont, etc. 7 p.

119 **Ostade** (d'ap.). Le concert rustique, in-fol., par *Heudelot*.

120 **Pencz** (Georges). Sophonise buvant le poison que son mari lui envoye. Ep. avec petite marge.

121 **Pencz** (G.). Sara présente Agar à Abraham; Joseph vendu; Tobie présente l'ange Raphaël à son père; la femme adultère; (B. 1, 11, 16, 55). 4 p.

122 **Perrier** (Fr.) et autres. Statues et bas-reliefs. 20.p.

123 **Piranesi.** Paysages, ruines. 19 p., in-8, et grand in-fol.

…rmau 5

…eligniere 10 Louv 5.

…pernay 12.

Dervaux 6

Wittert 8

Verziès 5 Dervaux 13
Lind 30
Dervaux 8 Wittert 4

Dervaux 9

Hédon 5 Lind 21 Dervaux 15 Wittert 15

Wittert 25

Lind 4
Lind 20
Téliguiera 8
Hédon 5 Lind 80 Dervaux 13 Hermann 180 Wittert 100
bien conservé
bien rognés

124 **Poussin** (D'ap.). Enlèvement de saint Paul, par *J. Pesne*; Triomphe de Galatée; le Testament d'Eudamidas. 3 p.

125 **Raimondi** (Marc-Antoine). Le martyre de saint Laurent, gr., in-fol. Jésus adoré par des anges; saint Marc. 3 p. malades.

126 — Tarquin et Lucrèce par *Enée Vico;* jugement de Paris, (B. 245). 2 p., in-fol.

127 — Hercule et Anthée, avant et avec *Ant.-Sal. exc.* 2 p. (316).

128 — Les grimpeurs (487). Belle ép.

129 — Arétin (513). In-4. Très-belle ép., très-rare.

130 — (B. 207, copie A). Ronde d'Amours (217, copie D). Galathée (350, copie A.). Trajan entre la ville de Rome et la victoire (361, copie). 4 p.

131 **Raphael** (d'ap.). Loges de Chapron. 5 p

132 — Jésus, saint Mathevs, saint Simon, saint Mathias. 4 p.

133 — Jésus portant la croix, par *Larmessin*; l'école d'Athènes; le Possédé, etc. 5 p.

134 **Rembrandt.** Son portrait, dessinant (22). Belle ép. signée *P. Mariette* 1668.

135 — La présentation au temple (49), avant le turban sur la tête de saint Joseph. Belle ép.

136 — Résurrection de Lazare, cintré (73).

137 — Le grand Ecce Homo (77).

138 — La mise au tombeau (84). Bonne ép.

139 — Saint Jérôme (104), papier à la folie. Très-belle ép. d'une p. rare, qui ne fut jamais terminée.

140 — Chasse au tigre (114). In-4 en travers.

141 — Chasses aux lions (115, 116). In-8.

142 — Les mendiants à la porte d'une maison (176). Très-belle ép.

143 — Vue ancienne d'Amsterdam (210), collée en plein.

144 — Le chasseur (211). Belle ép. rare.

145 — Paysage à la tour carrée (218). Superbe ép. rare.

146 — Paysage à la tour (223). Superbe ép. rare.

147 — L'abreuvoir à la vache (237). Belle ép.

148 — Homme sous une treille (257). Belle ép.

149 — Docteur Faustus. Clément de Jonge. 2 p.

150 — Clément de Jonge (272). Très-belle ép.

151 — Abraham France, amateur (273).

152 — Bourguemestre Six (285) et copie. 2 p.

153 — Tête d'homme chauve (292).

154 — Fuite en Egypte (55). Adoration des bergers (87). Disciples d'Emmaüs (87). Retour de l'Enfant prodigue (91) etc. (102, 119). 6 p.

155 — Le pont de Six, paysage aux trois arbres, et autres. 4 copies.

156 — (D'ap.). Vue, paysages, 3 p.

157 — Ecce homo, descente de croix, chés Le Bas; etc. 3 p.

158 — Paysage, par *J.-P. de Frey*, avant toute lettre. Superbe ép.

159 — Tobie et l'ange; intérieur flamand. 2 manières noires anglaises.

160 — Leçon d'anatomie. Jacob bénit Isaac. Têtes etc. 9 p. par *de Frey* et autres.

Wittert 40 Dervaux 10
Wittert 40 Dervaux 13
Wittert 20

Wittert 40 Dervaux 15

Wittert 50 Herman 50 Dervaux 17 Lind 30
Wittert 100 Dervaux 21 Lind 60

Wittert 100 Herman 310 (celle condition par rôgne) Dervaux 21 Lind 70
Lind 30
Delignières 8 Wittert 30 Dervaux 10
Lind 16
Lind 30
Lind 10
Dervaux 11

Lind 12

Wittert 10

Wittert 10

Wittert 10

Deligniere 6

Lind 9

Herman ?
Si belle

n° 6 Campagne de Holme
n° 14 Eclair de lune

Lind 35. Herman ? Deligniere 12
ou 50 Sibelle

Deligniere 8

Hedon 3 Willert 38

Lind 16

161 **Ribera** (d'ap.) Saint Pierre. Silène. très-belle ép. 2 p.

162 **Ricci** (Marc). Lapidation d'un serpent; paysages. 3 p.

163 **Rogman** (R.). Paysages. 3 p.

164 **Rosa** (Salvator). Démocrite; Moine et rochers. 2 p.

165 **Rosmœsler** 1778. Auerbachs hof in Leipzig. Grand in-fol., superbe ép., marge.

166 **Rubens**. La vieille à la chandelle. In-4, effet de lumière, ép. originale. Superbe, rare.

167 **Rubens** pt. (P.-P.). La femme de Rubens, eau-forte attribuée à Rubens. In-8.

168 — (D'ap.). Le fils de Rubens; saint Paul aveuglé; saint Roch; les Saintes Femmes rencontrent les anges, etc. 8 p.

169 — Paysages, in-fol. et gr., in-fol. 11 p.

170 **Ruysdael** (par et d'ap.). Paysages et marine. 5 p.

171 **Sadeler** Saint Etienne et saint Laurent adorant la Vierge et Jésus; paysages. 3 p.

172 **Schaufelein** (Hans). Scènes de Judith et Holopherne; grand bois in-fol. en 3 planches.

173 **Schmidt.** Tête d'homme de face; la mère de Rembrandt. 2 p. d'ap. *Rembrandt.* Belles ép.

174 **Sherwin** 1777. Sainte famille, sainte Anne présente des fleurs à l'enfant Jésus, d'ap. *Poussin.* Superbe ép., avant la lettre.

175 **Smagliewicz** (D'après). Grandes feuilles de panneaux d'ornements : 5, 26, 59. 3 p. par M. *Carloni*

176 **Sujets religieux.** Vierge et Jésus, calvaire, etc. 4 p.

177 **Sujets** religieux et autres. 8 p.

178 — Saint Aignan guérissant Agrippin ; Je vous salue Marie pleine de grâce ; le bain d'Apollon. 3 p.

179 **Suyderhoef** (Jonas). La paix de Munster, d'ap. *Geraert ter Burch*. Très-belle ép., grand in-fol.

180 **Swanevelt** (H). Paysages à l'eau forte, 9 p.

181 **Teniers** (d'ap.). Nouvellistes flamands, paysages et autres. 9 p.

182 **Thulden,** (Th. van). Histoire d'Ulysse, d'ap. *Primatice*. 30 p.

183 **Treu** (Martin). Paysan et paysanne dansant, non décrit, rare.

184 **Turner** (d'ap. J.-M. W.). Vues diverses pittoresques. 28 p.

185 **Van de Velde** (Adrien). Le Veau (B. 8). Le Beuf pie et les trois Moutons (B. 12). 2 p. Très-belles ép.

186 — La Vache et les deux Moutons au pied d'un arbre (B. 11). — Les deux Vaches au pied d'un arbre (13). Superbes ép. 2 p.

187 — La Brebis (14). — Les deux Moutons (15). 2 p. Superbes ép. Ces pièces sont regardées comme étant des plus belles pièces du maître.

188 **Van de Velde** (Esaie). — Le Feu ? — L'Air ? 2 paysages. Très-belles ép.

189 **Vanloo** (d'ap.). L'Aurore et Cephale ; le Triomphe de Silène. 2 p.

Bourges 25 Michelot 125 Gaden 73.

ittert 30

Delarue 30

Germain 8

Deligniere 6 Lind 5

Germain 16

Lino 15
Marblaboissiere 40

Michelet 70

Leboucher 15

~~Duplessy~~ 12

Dupuray 6
Lino 8 Deligniere 6
Lino 8 Dewary 10 Hoyard 15

190 **Visscher** (Corneille). Résurrection d'ap. *P. Veronese*. In-fol. Très-belle ép.

191 — Buveurs d'ap. *Ostade;* le Gué d'ap. *Berghem*; Annonce aux Bergers; etc. 5 p.

192 — La Fricasseuse. In-fol. Très-belle ép.

193 **Vues** du Pont-Neuf et de l'île du Palais à Paris. Vue du pont de pierre à Rouen. — Vu du château de Ruel. — Vue du jardin d'en haut de Gaillon. 4 p. rondes, in-4. Superbes. Imp. deux par deux, toute marge, rares.

194 **Watteau** (d'ap). Costumes, in-4. 4 p.

195 — La Balanceuse; le May : n°s 2, 4 des grandes arabesques. 2 p. par *Le Bas* et *P. Aveline*. Belles ép.

196 **Waterlo.** Suite de paysages avec sujets mythologiques, 1 à 6. 6 p., in-fol. en hauteur. Bonnes ép.

197 — Vues, en travers; paysages, en hauteur. 5 p.

198 **Weirotter.** Paysages, 6. — Bergers et troupeaux par *Umbach*. En tout 7 p.

199 — Vue de la porte Duperay au Havre et autres paysages. 6 p., par et d'ap. par *Louvion*.

200 **West** (d'ap.). Combat de la Hogue, par *E.... Voysard*. Petit in-fol., en travers. Très-belle ép., marge.

201 **Wille** (J. G.). Mort de Cléopâtre, d'après *G. Netscher*. Marge.

202 — Cuisinière, Gazettière hollandaise. 2 p.

203 — Devideuse, Liseuse. 2 p. d'ap. *G. Dow*.

204 — Bonne femme de Normandie, sa sœur. 2 p.

205 — Repos de la Vierge; Tricoteuse hollandaise. 2 p.

206 — Les offres réciproques; le maréchal des logis Gillet. 2 p. in-fol.

207 **Wyld** (d'ap.). Venise : le Grand Canal 1re, 5e vue ; le Palais Ducal. 3 p lithog. par *E. Lessore.*

208 **Zagel** (Martin). Cavalier avec femme en croupe. Belle ép.

209 **Ecole flamande.** Sujets religieux. 6 p.

210 — Paysages, sujets divers. 6 p.

PORTRAITS

211 **Chereau** le jeune. Mme de Prie; Mme de Sabran. 2 p.

212 — (Fr.) N. De Launay; Femme lisant une lettre. 2 p.

213 **Cochin.** Le Sueur, peintre. In-fol. Superbe.

214 **Daullé** (J.). H. Rigaud, et par *Drevet.* 2 p.

215 — Monseigneur le Dauphin, d'ap. *Belle* — Vertumne et Pomone, par *M. Dossier.* 2 p.

216 **Drevet.** Bossuet, d'ap. *Rigaud*, avant les points, collé en plein.

217 — Robert de Cotte ; Leon. Delamet. 2 p.

218 — R. Fr. de Beauvau, d'ap. *Rigaud.* Grande marge. Belle ép.

219 — H. Oswald Card. d'Auvergne. Belle ép.

…rray 10

…pillon 32 Witlert 40 Dervay 10

…ale 2.50

…man 15 Risperray 10

Pelissier

Turport Pelissier

Turfort

Bouteiller 36 Fontenaau 30

220 **Dyck** (Van). P. Brevgel, Monper; Fr. Snyders, A. Triest. 4 p.

221 — (D'ap.). Jacob de Cachiopin, par Vosterman Guil. Hondius, par lui-même. 2 p.

222 — Peintres et autres. 5 p.

223 — Divers. 9 p.

224 — Ecce Homo. Silène. 2. p.

225 **Edelinck.** Louis XIV, roi de France. In-8. Belle ép., marge.

226 — Ph. de Champaigne. Ed. Colbert Villacerf Des jardins. 3. p.

227 **Esnauts** et **Rapilly** (chez). Elisabeth sœur de M. le Dauphin, grand in-8, par *Le Beau.* Superbe, toute marge.

228 — Louis Stanislas, comte de Provence — Marie J. Louise de Savoie. 2 portraits de profil, grand in-8, par *Le Beau.* Superbes ép., toute marge.

229 — MARIE-ANTOINETTE, par *Voyez* d'ap. *Vanloo*, grand in-8, très-belle ép.

230 — MARIE-ANTOINETTE avec haute coiffure à plumes et aigrette. Grand in-8, par *Le Beau.* Très belle ép., toute marge.

231 — Marie Therèse, comtesse d'Artois. Grand in-8, par *Le Beau.* Superbe ép., toute marge.

232 — Louis XVI — MARIE-ANTOINETTE, petit in-fol. par *Duponchelle*, d'ap. *Vanloo.* 2. p. trè-belles ép., marge.

233 **Ficquet.** Bossuet; Superbe ep.

234 **Gaucher.** Louis Auguste Dauphin de France (Louis XVI), médaillon entouré de roses et de lys. Grand in 8. Superbe ép. toute marge.

235 **Le Mire**. Jeanne d'Arc, in-8, d'ap. un ancien tableau de l'hotel de ville d'Orléans. Superbe ép. marge.

236 **Lepicié**. Antoine Watteau à mi-corps dans son atelier, in-8, d'ap. lui-même. Très-belle ép.

237 **Lombart**. Rachel Middlesex, Lucia Carlile. 2 comtesses, d'ap. *Van Dyck*, collées en plein.

238 **Mellan**. Guilleminot — F. Th. de Nesmond — Claude de Rebe. 3 p., petit in-fol.

239 **Nanteuil**. Richelieu. (R. D. 218).

240 — Moïse (R. D. 1) avec l'adresse de Drevet; Toute marge.

241 — Bochart de Saron — Pierre Dupuis — J. Fronto — Lamoignon. 4 p.

242 **Parrocel** (Joseph Ign.) *filius pictor Avenion*. 1746 son portrait — Famille de mendiants. Eau-forte. 2 p. in-8. Grande marge. Superbes.

243 **Regazzoni**. Vincenzo Monti, celèbre poète. Grand in-fol. Superbe ép., toute marge.

244 **Saint-Aubin** (August. De). Perronet, d'ap. *Cochin* filius. In-fol.

245 **Saint-Jean** (D'ap. de). Le roi (Louis XIV) — La reine. 2 portraits en pied, petit in-fol. Très-belles ép.

246 — Monseigneur le Dauphin — La Dauphine en pied, petit in-fol. 2 p. tachées.

247 — Monsieur — Madame en pied. 2 p. petit in-fol. Très-belles ép.

248 **Schmidt** (G. F.). J. B. Rousseau, d'ap. *Aved*. Grand in-4.

Pelissier

Bourges 25 [illegible] 3 Herman 8

Bourges 8 Fontimen 1

Terrenier 15
9
24

Pelissier

Martin 2 à 10. / Pelissier
3 rue Crelet un

249 **Schwerdgeburth** 1832. Goethe à mi-corps. In-fol. Superbe ép., avant la lettre, toute marge.

250 **Surugue** (L.) 1746. Mme de ** en habit de Bal, d'ap. *Ch. Coypel.* Très-belle ép., toute marge.

251 **Walker.** Sir Walter Scott, in-fol. d'ap. *Raeburn.* Superbe ép., toute marge.

252 **Wille.** Abel Fr. Poisson, marquis de Marigny, d'ap. *L. Tocqué.* Belle ép.

253 — L. Phelypeaux, comte de Saint-Florentin, d'ap. *L. Tocqué.* Belle ép.

254 — Jean Baptiste Massé, d'ap. *L. Tocqué.* Belle ép., grandes marges.

255 **Serrurier.** Général en pied, in-fol. marge vierge. Superbe ép. rare.

256 **Portraits.** Boccace, J. Romain, Clément XIII, etc. 5 p.

257 — Tirés de la Galerie de la Presse. 30 p. la plupart sur chine.

258 Portefeuilles de la collection de 84 sur 60 centimètres avec trois bavettes, 5 seront divisés.

L'ART DU XVIIIe SIÈCLE

DE MM. DE GONCOURT

15 Portraits gravés par Adolphe VARIN

GONCOURT (JULES de) auteur.
GONCOURT (EDMOND de) auteur.

MOREAU le jeune, dessinateur et graveur.
FRAGONARD (HONORÉ), peintre et graveur.
COCHIN, dessinateur et graveur.
PRUDHON, peintre et graveur.
CHARDIN (J.-SIMÉON), peintre.
GREUZE, peintre.
GRAVELOT, dessinateur,
SAINT-AUBIN (AUG.), dessinateur et graveur.
BOUCHER, peintre.
WATTEAU, peintre,
DEBUCOURT, dessinateur et graveur.
LATOUR (M Quentin de), peintre au pastel.
EISEN, dessinateur.

CES 13 PORTRAITS PEUVENT ILLUSTRER

LES DESSINATEURS D'ILLUSTRATIONS AU XVIIIe SIÈCLE

Par M. le baron Roger de PORTALIS

GILLOT (CLAUDE) dessinateur, graveur, par Legenisel.
WATELET (CLAUDE-HENRI), artiste amateur, par Legenisel.
L'ABBÉ DE SAINT-NON, auteur du *Voyage en Sicile.*
CHOFFARD (P.-PH.), dessinateur de fleurons, par A. Varin.
BARON REGNAULT (J.-B.), peintre, par Legenisel.
LE COMTE (MARGUERITE), amie de Watelet, par Perronard.
GAUCHER, graveur, par Adolphe Varin.
WILLE (JEAN-GEORGES), graveur, par Adolphe Varin.
DE MARCENAY DE GUY, graveur, dessinateur, par Legenisel.
DE LAUNAY (NICOLAS), graveur, par Adolphe Varin.

AVANT LA LETTRE OU LETTRE GRISE

Bistre ou noir sur chine........................ 2 fr. 50
Bistre ou noir sur blanc........................ 2 »

AVEC LA LETTRE

Bistre ou noir sur chine........................ 1 fr. 25
Bistre ou noir sur blanc........................ 1

Chez VIGNÈRES, rue de la Monnaie, 21, à Paris

Ve RENOU, MAULDE et COCK. impr^s de la Cie des Commissaires-Priseurs
rue de Rivoli 144. 607

760 Catalogues affranchis à 5c	38		2629
6 Mains chemises à 1.50	9		
Transport à l'hotel	2 50		
Honoraires 10 %	263	312 50	
75 affiches et afficheur colombier		45 ..	
Insertion au Moniteur des ventes		12 10	
Declaration de vente		2 20	
Timbre du Proces verbal		3 60	
Enregistrement		67 75	
Versement en Bourse commune		83 10	
Honoraires de Mr Delestre		83 10	
~~Eleves et~~ Crieur		12	
Location de la salle 5,		46 70	
800 Catalogues		145 50	
Commissionnaire		5 ..	
Supplement de travail		10 ..	
		830 55	
Deduire 5 % des acquereurs		131 45	699 1[illegible]
			1929 9[illegible]

www.ingramcontent.com/pod-product-compliance
Ingram Content Group UK Ltd.
Pitfield, Milton Keynes, MK11 3LW, UK
UKHW032011260826
14628UKWH00005B/2422

9 782329 462356